JADA JONES

★ ROQUERA ★

JADA JONES
★ ROQUERA ★

CALCITA
CARIÑOSA

por Kelly Starling Lyons
ilustraciones de Vanessa Brantley Newton
traducción de Eva Ibarzábal

Penguin Workshop

PENGUIN WORKSHOP
Un sello editorial de Penguin Random House LLC, Nueva York

Publicado por primera vez en los Estados Unidos de América por Penguin Workshop,
un sello editorial de Penguin Random House LLC, Nueva York, 2017

Edición en español publicada por Penguin Workshop, un sello editorial de
Penguin Random House LLC, Nueva York, 2023

Traducción al español de Eva Ibarzábal

PENGUIN es una marca comercial registrada y PENGUIN WORKSHOP es una
marca comercial de Penguin Books Ltd, y el colofón W es una marca registrada de
Penguin Random House LLC.

Visítanos en línea: penguinrandomhouse.com.

Los datos de Catalogación en Publicación de la Biblioteca del Congreso están disponibles.

Manufacturado en China

ISBN 9780593523834   10 9 8 7 6 5 4 3 2 1 TOPL

Diseño de Kayla Wasil

Capítulo uno: MELANCOLÍA POR MI MEJOR AMIGA

Por primera vez en la vida, se me pegaron las sábanas.

Generalmente, soy la primera en bajar las escaleras en los días de clases. Pero, cuando me despertaron los rayos del sol colándose entre las persianas, volví a cerrar los ojos. Me habría quedado durmiendo si mami no hubiera entrado en mi cuarto.

—Jada, es hora de levantarse —me dijo.

Chillé y, de un tirón, me cubrí la cabeza con la cobija.

Pensar en la escuela significaba pensar en Mari. En el recreo, nos íbamos a buscar rocas: lascas de roca negra como tinta, trozos anaranjados perfectos para escribir en el pavimento, pepitas grises salpicadas de plata que centelleaban en la luz. ¿Por qué tuvo que mudarse?

Mamá se sentó junto a mí en mi sofá cama y suavemente volvió a poner la cobija peluda en su lugar. Los ojos se me nublaron y resoplé intentando no llorar.

Me volteé hacia la pared.

—Sé que echas de menos a Mari —me dijo, mientras me quitaba la bufanda de dormir y acariciaba mis trenzas—. Pero hay muchos niños en

tu clase a quienes les encantaría ser tus amigos. Ya verás.

Me dio un beso en la cabeza y me dejó sola para que me alistara. Me aseé y me puse mis jeans con bolsillos profundos para llenarlos de rocas y mi camiseta del dragón púrpura. Abrí mi joyero y saqué el pendiente en forma de corazón que Mari me regaló en mi cumpleaños. Lo apreté en mi mano. Su mitad decía "mejor". La mía decía "amiga". Mari se mudó de Raleigh a Phoenix apenas el viernes, pero ya yo sentía que se había ido una parte de mí.

Papi hizo pancakes de banana para el desayuno.

—¿Mi hija favorita podría

regalarme una sonrisita? —preguntó.

Eso siempre me hacía reír. Soy su única hija. Traté de sonreír, pero se sintió como una mueca. Todo dientes y nada de alegría. Mientras Jackson, mi hermanito, engullía sus pancakes, yo solo pinchaba los míos con el tenedor. Finalmente, bajé un bocado con un trago de leche.

Papi puso su mano sobre mi hombro.

—A veces sentimos que la melancolía nunca se va a ir —dijo con dulzura.

Entendí lo que quería decir. Papi toca todo género de música: hip-hop, jazz, reggae. Pero sus melancólicas canciones de blues me hacían pensar en una pena muy profunda. Me preguntaba si el dolor por la ausencia de Mari se iría alguna vez.

—Pero ¿sabes qué es seguro? —me preguntó.

Alcé la vista para mirarlo y negué con la cabeza.

—La melancolía no dura para siempre.

De camino a la escuela pensaba en lo que me había dicho papi.

—Trata de pasar un buen día, cariño —dijo mamá al dejarnos a Jackson y a mí en la primaria Brookside.

Asentí con la cabeza antes de cerrar la puerta del auto. Tal vez no sería tan malo como había pensado. Tal vez podía tener un día más o menos bueno sin mi mejor amiga.

Acompañé a Jackson al kindergarten y subí lentamente las escaleras que dan al pasillo del cuarto grado. La señorita Taylor había anunciado que comenzaría una nueva unidad de ciencias. No podía evitar sentirme un poco entusiasmada con eso. Pero cuando entré al aula, lo primero que vi fue

el asiento de Mari vacío. Me senté enfrente y rápidamente escondí la cara detrás del libro de la biblioteca sobre los diferentes tipos de gemas.

—Lamento que Mari se fuera —me susurró Lena mientras se deslizaba en su asiento. Ella y Carson se sentaron en mi mesa.

Éramos el único grupo que ahora tenía tres estudiantes, en lugar de cuatro.

Bajé el libro y la miré. Papi decía que los ojos de una persona pueden revelar muchas cosas. Sus gentiles ojos castaños decían "espero que estés bien".

—Gracias —respondí.

Lena es agradable. Su mejor amiga

es Simone. Son fanáticas de saltar la cuerda. Pensé en lo que dijo mamá de hacer nuevas amistades.

Durante el almuerzo, me senté enfrente de ellas y esperé tener una oportunidad para hablar.

Simone me echaba vistazos y fruncía el ceño. Platicaba con Lena acerca de todo lo que hizo y lo que planeaba hacer, como si tuviera

miedo de dejar de hablar. Finalmente, me observó con cautela y mordió su pizza. Me lancé de lleno.

—Tengo una adivinanza. ¿Qué cosa salta, pero no camina? —les pregunté.

Lena se encogió de hombros. Simone parecía molesta.

—¿Se dan por vencidas? Lena asintió.

—Una piedra. No puede caminar, pero puede dar saltos en el agua.

Esperé a que reaccionaran. Lena mostró una sonrisa. Simone puso los ojos en blanco.

—¡Qué tonto! —murmuró.

Un par de niños soltaron una risita nerviosa.

No despegué los ojos de mi sándwich de pavo. A Mari le habría encantado ese chiste.

Después de almorzar, hicimos fila para el recreo. Me mordí el labio inferior; deseaba quedarme dentro. En cuanto vi el patio de juegos, volvió la pena por la ausencia de Mari.

—Oye, ¿quieres saltar a la cuerda con nosotras? —preguntó Lena.

Yo era un verdadero desastre saltando la cuerda, pero la invitación me hizo sentir mejor. Lena y Simone pertenecían al Club de las conejitas, que eran niñas que podían saltar más de cien veces seguidas la cuerda sencilla y doble. Me encantaban sus trucos, como saltar en un solo pie, tocar el suelo entre saltos, y saltar tan rápido que los latigazos de la soga sonaban como tambores.

—Probablemente lo único que quiere es ir a buscar rocas —respondió Simone por mí—. ¿Verdad, Jada?

—Sí —mentí—. Gracias de todos modos, Lena.

Caminé por el área de los

columpios donde Mari y yo habíamos encontrado nuestros mejores ejemplares.

Una vez, conseguimos una pirita. Estaba cubierta por tierra anaranjada, así que no parecía muy prometedora al principio. Pero cuando le saqué brillo con mi pantalón, vi los destellos de los puntos dorados.

La llamaban el oro de los tontos, pero para nosotras, era un tesoro.

Recogí una piedra gris lisa y una roca dentada marrón y las metí en mi bolsillo. Nada especial. Buscar tesoros sola no era divertido. Me senté en un banco y observé a mis compañeros de clase saltar, inventar canciones y jugar futbeis.

—¿Algo bueno? —preguntó Miles
mientras esperaba su turno para
patear la pelota. Le gustaban las rocas
tanto como los deportes.

—No.

—Sigue buscando. Ya encontrarás
algo.

Cuando nos alineamos para volver
adentro, metí la mano en el bolsillo y

sentí otra vez mi piedra lisa. No era lo que estaba buscando, pero estaba bastante bien. Casi un óvalo perfecto.

Fría al tacto y justo del tamaño de mi mano. Mari le habría dado el visto bueno. Apuesto a que Miles también lo haría. Quizás papi tenía razón. La melancolía no duraría para siempre.

Capítulo dos: EQUIPO DE ESPANTO

De regreso en el aula, llegó el momento de descubrir nuestra nueva unidad de ciencias.

—Antes de decirles, vamos a ver si alguien adivina —dijo la señorita Taylor con brillo en sus ojos.

Me echó una mirada y encendió la pantalla interactiva.

Apareció una fotografía de piedra caliza, pizarra y cuarzo. Lena me

sonrió y yo hice lo propio. ¡Íbamos a empezar una unidad sobre rocas y minerales!

Mientras la señorita Taylor nos explicaba, una chispa de emoción me recorría de la cabeza a los pies. Hice un pequeño baile allí mismo en mi pupitre. Pasaríamos todo un mes estudiando algo que me fascinaba. Todas las clases de cuarto grado se dividirían en pequeños equipos. Cada equipo diseñaría divertidos proyectos para enseñar datos sobre las rocas. Después, tendríamos una feria de rocas, donde los estudiantes votarían por la mejor idea. La clase del ganador iría a una excursión para buscar rocas y gemas.

—Pueden escoger a sus compañeros, dos o tres por cada grupo —explicó la señorita Taylor—. Pero si no escogen bien, yo lo haré por ustedes.

Miré a Lena y me pregunté si podríamos trabajar juntas. Esta podría ser mi oportunidad para descubrir si podríamos ser amigas. Justo cuando abría la boca para preguntarle, Simone apareció a su lado.

—Tú y yo —dijo rápidamente Simone a Lena, mientras me atravesaba con la mirada y me volvía la espalda.

Se me cayó el alma a los pies. Era obvio que Simone no me quería en su equipo. ¿Con quién podría juntarme

ahora? Carson ya estaba con un amigo en otra mesa. Miles también tenía compañeros.

—Y Jada —oí decir a Lena. Me dio un vuelco el corazón.

—¿Jada? —preguntó Simone como si no pudiera creer que Lena lo sugiriera. Aguanté la respiración y fingí no haberla oído.

Lena tocó mi hombro.

—Jada, ¿te gustaría formar equipo con Simone y conmigo?

¡Sí! Tenía deseos de trabajar con Lena. Con Simone, no estaba tan segura. En vez de un equipo de ensueño, al trabajar con ella podría ser un equipo de espanto. Pero, las rocas son lo mío. ¿Qué tan difícil podría ser?

—Claro —respondí, y borré mis dudas con una sonrisa. La segunda sonrisa de hoy.

Capítulo tres:
PROYECTO ROCA

Cuando mamá salió de trabajar en la biblioteca, le conté todo sobre el proyecto de las rocas. Se emocionó casi tanto como yo.

—Me alegra tanto que hayas pasado un buen día —me dijo—. Avísame si quieres ir el sábado a buscar algunos libros nuevos sobre las rocas. Ella era la bibliotecaria de libros infantiles en la Biblioteca

Richard B. Harrison, uno de mis lugares favoritos.

—¿Quiénes están en tu equipo?

—Tú conoces a Lena —respondí—. Ella estaba en mi clase de tercer grado y se sienta en mi mesa. Y Simone. Simone es del grupo de saltar la cuerda de Lena. Ella... está bien.

Creo que mamá no se dio cuenta de la última parte.

—¿Qué te dije, Jada? —exclamó y apretó mis manos—. Ya tienes amigas. ¿Qué piensas hacer?

—No lo sé. Quiero que nuestro proyecto sea creativo y genial, Mari y yo siempre teníamos las mejores ideas juntas.

Debo haber sonado patética,

porque, antes de que me diera cuenta, Jackson había subido a su cuarto y bajó con su amigo de piedra  que había hecho en clase. Estaba pintado de verde y tenía ojos saltones y torcidos.

—Te presto a Charley. Solo prométeme que me lo devolverás —ofreció mi hermano.

—Gracias, Jax, pero tenemos que hacer nuestro propio proyecto.

Se encogió de hombros y le dio una palmadita a Charley mientras se alejaba. Algunas veces, Jackson me sacaba de mis casillas. Pero, en ese momento, mi hermanito se portó bien.

En la siguiente clase de ciencias, la señorita Taylor colocó un trío de rocas sobre la mesa al frente del salón de clases.

—¿Alguien puede nombrar los tres tipos de rocas?

Levanté la mano. Miles también.

—Jada.

—Sedimentaria, ígnea y metamórfica.

—Sabelotodo —oí a alguien burlarse en voz baja. Sonaba como Simone.

—Muy bien —dijo la señorita Taylor—. ¿Quién sabe de qué están compuestas las rocas?

Esta vez, Miles me ganó.

—De minerales —contestó.

Después de aprender sobre el ciclo de las rocas, la señorita Taylor nos dio tiempo para hablar sobre nuestros proyectos. Lena, Simone y yo encontramos un lugar para reunirnos sobre la alfombra de rayas azules y anaranjadas.

—Vamos a hacer una lista y escogemos la idea que más nos guste —sugerí, abriendo una página en blanco de mi diario de ciencias color lavanda.

—¿Quién dijo que tú eras la jefa? —respondió Simone.

—Bueno, ¿cómo quieres hacerlo?

—Ya yo sé lo que debemos hacer

—agregó—. Roqueras. Todos saben que las rocas son a-bu-rri-das. Podemos ponerles pestañas, cabello de lujo y accesorios glamorosos.

Parecía que Simone quería hacer una gemela de roca. Siempre traía algo de brillo en su ropa. Mostraba su estilo de pies a cabeza.

—¿No es genial?

Lena asintió.

No podía creerlo. Claro que sería simpático.

Pero, yo solo podía pensar en Charley, el compañero de piedra de mi hermanito. Jackson estaba en kindergarten. Podíamos hacer algo mejor que eso.

—Suena bien —dijo Lena—, pero me gustaría oír también las ideas de Jada.

¡Eso es!

—Tengo un montón. Podríamos hacer una galería que compare la dureza de las rocas, congelar distintas rocas y ver qué pasa, escribir un rap sobre rocas...

Simone bostezó.

—A-bu-rri-do. Queremos ganar, ¿no? Roqueras es lo que tenemos que hacer.

—¿Qué tiene que ver eso con aprender sobre las rocas? —ahí está, lo dije.

Simone puso los ojos en blanco.

—¿Tengo que hacerlo yo todo? Ya di la idea ganadora. Tú y Lena pueden trabajar en los datos.

Mari nunca habría insistido en

hacer las cosas a su manera. Siempre nos escuchábamos y llegábamos a la solución que funcionaba para ambas.

—Creo que debemos seguir hablando —sugerí—. ¿Qué quieres hacer, Lena?

—Vamos a votar —insistió Simone—. ¿Quién quiere roqueras?

Simone levantó la mano. Lena miró a Simone y luego a mí, una y otra vez. Era claro que no sabía qué hacer.

—Vamos, Lena —insistía Simone.

Esto era terrible. Deseaba que Mari estuviera aquí. Deseaba que Simone estuviera en otro grupo. Deseaba poder trabajar sola. Deseaba... No pude soportar más.

—¡Está bien! ¡Podemos hacer roqueras!

—Niñas, ¿hay algún problema? —preguntó la señorita Taylor, mirándome directamente.

—No, señorita Taylor —respondí, mientras Simone sonreía triunfante.

Yo sabía que hacer roqueras estaba lejos de ser lo mejor que podíamos hacer, pero no me importaba. Mi mejor amiga vivía al otro lado del país. Simone seguía estropeando mis oportunidades de hacerme amiga de Lena y ahora había convertido nuestro proyecto de ciencias en un desastre.

Con la ausencia de Mari, nada volvería a ser como antes.

Capítulo cuatro:
OPERACIÓN AMABILIDAD

Cuando llegué de la escuela el viernes, fui derechito a mi habitación. Era el día que papi salía temprano del trabajo. Después de clases, construíamos caminos y rampas para las canicas y fortalezas y castillos de bloques. Papi era ingeniero, así que siempre se le ocurrían diseños geniales.

—Jada, tienes correo —gritó papi

desde abajo.

Probablemente era la revista *National Geographic Kids*. Pero, ni siquiera recibir una de mis revistas favoritas podía levantarme el ánimo. Arrastré los pies por las escaleras. Cuando llegué abajo, papi me dio una tarjeta postal.

—¿De quién será? —preguntó con inocencia.

Al frente tenía una foto del Gran Cañón. Me dio un vuelco el corazón y me la llevé al pecho. ¡Mari!

—Gracias, papá.

Corrí a mi habitación, volteé la tarjeta y vi su preciosa letra. A ella siempre le había gustado mi bolígrafo de cuatro colores, así que le regalé uno antes de irse. Con un clic podía cambiar de color, incluyendo el turquesa, rosado y verde. Pero Mari había usado el púrpura, nuestro color favorito.

¡Jada! Me gustaría que estuvieras aquí para ver esto conmigo. Es increíble.

Vetas de rocas de colores por dondequiera que miras. Lo mejor de estar en Arizona: observar todas esas rocas increíbles. Lo peor: estar tan lejos de ti. Pero ¿sabes algo? Mamá me dejó comprar algunas cosas en la tienda de rocas y gemas. Compré unos obsequios para ti. Te los envío pronto.

Sigue roqueando,

Mari

Sin importar lo que pasara, Mari siempre encontraba un motivo para estar contenta. Quizás eso era lo que yo necesitaba. Aunque Simone era una pesada, Lena valía la pena. Si me esforzaba con Simone, ¿podríamos llegar todas a ser amigas?

Volví a leer la postal de Mari. Ella

era una de las personas más dulces
que yo conocía. Apuesto a que ni
siquiera Simone podría portarse
mal con ella. El lunes comenzaría la
Operación amabilidad.

En el recreo invité a Simone y a
Lena a buscar rocas conmigo.

—Podemos encontrar rocas para
nuestro proyecto —dije.

Simone no podría discutir con
eso... o, al menos, eso esperaba yo.

—Excelente idea —respondió
Lena.

—Está bien —dijo Simone de mala
gana.

Las llevé a algunos de los mejores lugares que Mari y yo exploramos; cerca de los columpios, alrededor de los grandes árboles de sombra, cuyas ramas se extendían como brazos frondosos, la grava cerca del aro de baloncesto, la cuesta que conducía a la cerca. Al principio, no descubrimos

nada emocionante. Después, me puse a explorar y saqué una roca que se veía distinta a lo que generalmente encuentro. Mientras la limpiaba,

podía ver que era especial. Turbia
en algunas partes y transparente en
otras, parecía un cuarzo.

—Es preciosa —comentó Lena.

—Toma, Simone, puedes quedarte
con ella —extendí la mano y se la
ofrecí.

Se veía sorprendida. Sus ojos
avellanados se suavizaron. Su rostro

acaramelado resplandeció. Sus labios se movieron y, quién lo diría, sonrió.

—Gracias —dijo. Giró el cristal en su mano y lo metió en el bolsillo de sus jeans. Pensé que mi plan estaba funcionando. Pero, mientras más tiempo pasábamos buscando, más se quedaba mirando a las saltadoras y agitaba a Lena.

—Vamos —le dijo a Lena, mientras el golpeteo de su pie encendía sus tenis rosados—. Estoy lista para saltar.

Simone agarró del brazo a Lena y empezó a jalarla.

—Déjame —le dijo Lena, zafándose—. Adelántate, Simone. Yo saltaré mañana.

—¿De verdad vas a dejar de saltar por unas tontas rocas?

—Es solo un día.

No podía creer que Lena se hubiera enfrentado a Simone y quisiera seguir buscando rocas. Simone puso los ojos en blanco y se fue dando fuertes pisotones.

Un punto para mí.

Capítulo cinco:
LA CREACIÓN DE UNA ROQUERA

¿Cómo se llama alguien que es aburrido y tiene rocas en el cerebro? —preguntó Simone a Lena mientras nos formábamos en fila después del recreo.

Lena frunció el ceño. Simone no esperó a que le respondiera.

—Cabeza de piedra —dijo, mirándome fijamente.

—No seas mala onda, Simone

—intervino Miles.

—Sí, bájale dos —añadió Lena.

Se me hizo un nudo en el estómago cuando pensé en la sorpresa que tenía en mi casillero de la escuela. La señorita Taylor me dijo que podía traer mi colección de rocas y minerales para mostrarla a la clase. Simone iba a burlarse a lo grande de mí después de presentarla. Compartir mi colección ya no parecía tan divertido.

Tan pronto entramos al aula, corrí a hablar con la señorita Taylor para tratar de decirle que había cambiado de idea. Ella sonrió y dijo a todos que se sentaran.

—Niños, Jada tiene algo especial que mostrarles.

Demasiado tarde. Caminé penosamente hasta mi casillero, intentando no mirar a los ojos a Simone. Saqué mi caja transparente llena de rocas. Iban sonando a medida que caminaba al frente de la clase.

—Esto es grafito —expliqué, mientras sostenía un trozo negro brillante entre el pulgar y el índice—. Se usa para hacer lápices.

—Esto es granito —levanté una pepita para que todos la vieran.

—Esta es una amatista, la piedra del mes de mi nacimiento. Algunas de ellas han sido obsequios. Otras las encontré en el patio de juegos con Mari.

Mari. Solo pronunciar su nombre me producía un nudo en la garganta. Por más que tragaba, no bajaba. Entonces, de repente, todos mis

compañeros de clase comenzaron a
hablar a la vez.

—¿Puedes pasarlas, Jada?
—preguntó Miles.

—Sí, señorita Taylor, ¿puede
pasarlas? —repitió Lena.

—Por favor —cantó toda la clase
a coro.

—De acuerdo, de acuerdo
—respondió riendo la señorita
Taylor—. Pueden mirar las rocas de
Jada y después, es hora de trabajar en
sus proyectos.

—¡Sí! —aclamaron todos.

Saqué algunas de las mejores
rocas de la caja y las puse en cada
mesa.

—Esta amatista parece hielo

púrpura —exclamó Gabi mientras la acercaba a la luz.

—¿Eso es una geoda? —preguntó Kyla, maravillada ante el mundo de cristal dentro de un pedazo de roca gris oscuro.

—¡Genial, tienes obsidiana! —dijo Miles, revisando una pieza cristalina negra—. Yo no tengo.

Simone se sentó sobre las manos y negó con la cabeza cuando le tocó el turno. No quería ver nada.

Después de la demostración, teníamos que hablar de los siguientes pasos para nuestro proyecto.

—Encontramos algunas rocas buenas —comenté—. Ahora, necesitamos encontrar el estilo. Simone, ¿qué piensas?

Antes de que pudiera contestar, Gabi se acercó.

—¡Tus rocas son un éxito, Jada! —me dijo—. ¿Crees que puedas ayudarme a encontrar algunas?

—Claro.

—Haz lo que te dé la gana —estalló Simone.

—¿Qué te pasa, Simone? —preguntó Lena.

En lugar de contestar, Simone se cruzó de brazos.

★

Al día siguiente, en el recreo,
cuando comencé a buscar rocas, Lena
llegó y empezó a explorar conmigo.
Después llegó Gabi y luego Miles.
Y el equipo de canto y el resto de
los chicos de futbeis. En un abrir y
cerrar de ojos, teníamos una fiesta de
búsqueda de rocas.

—¿Dónde dijiste que encontraste
ese cuarzo? —preguntó Carson.

—Espero encontrar una pirita
—comentó Gabi.

Era como si todos fueran fanáticos
de las rocas. Todos, excepto Simone.

Como las saltadoras estaban
buscando rocas, ella se sentó sola en
un banco. No se veía enojada, solo
triste.

Cuando llegué a casa, subí corriendo las escaleras, abrí el cajón de mi escritorio, busqué mi bolígrafo de cuatro colores y le di clic al púrpura.

Mari:

¡Nunca adivinarías lo que pasó hoy en el recreo! Casi toda la clase comenzó a buscar rocas.

Todos me preguntaban qué hacer y dónde podían encontrar las mejores. Me sentí como toda una roquera. Fue tan genial. Lo único que me faltaba eras tú.

Sigue roqueando,

Jada

Capítulo seis:
NO TODO LO QUE BRILLA

Cuando llegué a la escuela, los chicos me estaban esperando.

—Jada, ¿alguna vez has encontrado una esmeralda? —preguntó Gabi mientras yo colgaba mi mochila en el casillero.

—Una vez, en la biblioteca donde trabaja mi mamá, fue de visita un experto en piedras semipreciosas para la actividad de aventuras

después de clases. No era brillante como se ve en las fotografías. Pero, estaba bien —les conté.

—¿Y piedra de luna? —preguntó Carson, caminando conmigo hasta nuestra mesa.

—No. Todavía no.

—Oye, Jada —dijo Lena cuando me senté—. ¿Puedo ir a buscar rocas contigo hoy?

—¡Sí!

Hablar con ella se sentía bien, como el abrazo de una vieja amiga.

—¿Quieres oír un chiste? —le pregunté—. ¿Qué le dijo la roca al martillo?

—¿Qué?

—Me parto de la risa contigo.

Los ojos de Lena se arrugaron
y su risa se oía al otro lado de la
habitación, como pasaba con Mari.

—Niñas, supongo que ya han
terminado su trabajo de la mañana
—dijo la señorita Taylor, mirándonos
desde su escritorio.

Empecé a escribir en mi diario.

Encontrar una roca es genial.
Encontrar una amiga es todavía mejor.

Me senté entre Gabi y Lena en el
almuerzo. Simone se sentó a un par
de asientos de distancia de nosotras
y no dijo mucho. En el recreo, Simone
saltó la cuerda sola, mientras todos
los demás buscábamos rocas. Cada
vez que oía la cuerda golpear el

pavimento, me preguntaba si debía
pedirle que se nos uniera. Pero,
continuaba excavando. Una parte de
mí sentía que se lo merecía.

La otra parte se sentía mal por

pensar así. Cuando hicimos la fila y ella estaba justo delante de mí, decidí intentarlo de nuevo.

—Hola, Simone —le dije.

Se volteó y frunció el ceño cuando vio que era yo.

Miró hacia el frente sin decir una palabra. Me sentí más insignificante que un guijarro. Pasé de perder a mi mejor amiga a tener un montón de nuevos amigos y querer ser amiga de la única persona a quien no le caía bien.

Mi mamá siempre dice: "No todo lo que brilla es oro". Ahora entiendo lo que quiere decir.

Capítulo siete:
LO QUE DE VERDAD IMPORTA

Simone no me hablaba y trataba con frialdad también a Lena. Le preguntó a la señorita Taylor si podía trabajar con otro equipo. Después de que la señorita Taylor acompañó al grupo a la clase de arte el jueves, nos llevó a las tres al pasillo.

—No sé qué está pasando entre ustedes. ¿Quién quiere contarme? —nos preguntó.

No dijimos nada.

—Está bien, no puedo obligarlas a decirme qué está ocurriendo, pero tienen una semana para resolverlo. Esa es la fecha límite para su

proyecto de equipo.

Una semana. ¿Qué íbamos a hacer?

Cuando llegué a casa, lo único que quería hacer era dejarme caer en la cama. Pero había un pequeño paquete marrón sobre mi cobija. Cuando me acerqué, vi mi nombre escrito con letras púrpuras. ¡Mari! Lo abrí de un tirón y leí su nota.

Aquí tienes algunas rocas para agregar a tu colección.

Sigue roqueando,

Mari

Verde claro y filosa como la punta de una estrella. Color durazno y granulosa como el brillo mezclado con arena. Azul con franjas como las

olas del mar. Todas
eran únicas. Miré
las rocas y pensé en
Simone, en Lena y
en mí.

Así éramos.
Diferentes, pero cada una especial a
su manera. ¿Qué tal si cada
una de nuestras roqueras
tenía una personalidad
diferente, al igual
que nosotras? Para
conectar los datos,
podríamos enumerar
sus propiedades.
Le pregunté a
mamá si podía invitar
a Lena y a Simone para

trabajar en nuestro proyecto durante el fin de semana.

★

Cuando vi a Simone en el pasillo, respiré hondo y caminé hacia ella.

—¿Quieres ir a mi casa mañana? —le pregunté.

—¿Por qué? ¿Acaso tu casa también está hecha de rocas?

Esa fue la gota que colmó la copa.

—¿Por qué tienes que ser tan grosera? ¿Qué te he hecho?

Estábamos frente a frente en el descanso de las escaleras, fulminándonos mutuamente con la mirada. Los muchachos murmuraban y nos señalaban al pasar cerca.

—Tu mejor amiga se fue, así que

me quitaste a la mía —gritó.

Abrí la boca, pero no pronuncié palabra. ¿Eso era lo que ella pensaba? Recordé lo terrible que me sentí cuando Mari se fue. ¿Acaso Simone se sentía de la misma manera?

—No, no lo hice —dije finalmente en voz baja—. Digo, esa no era mi intención. Quería ser también tu amiga.

Simone torció los labios como señal de que no me creía. Subió las escaleras dando fuertes pisotones. Pero, en la clase, la sorprendí mirándome como si tuviera algo que no sabía cómo decir. Cuando nuestros ojos se encontraron, ella cambió la mirada.

En el almuerzo, Simone nos saludó

a Lena y a mí. Durante el recreo,
cada vez que saltaba, se acercaba
un poquito más a donde estábamos
buscando rocas. Encontré una roca
irregular que brillaba cuando le daba
el sol de cierta manera.

—Debes ver esta, Simone —le
avisé.

—Sí, Simone, mira esta —añadió
Lena.

Estiró el cuello, soltó la cuerda y se acercó. Tomó la roca y frunció el ceño. Ay, no, otra vez no.

Se la acercó a la oreja como si fuera un pendiente y posó.

—Así es como se luce una roca.

Nos reímos. Les conté a Simone y a Lena mi idea de hacer las roqueras con nuestras personalidades. Les encantó. Al finalizar el recreo, parecía que estábamos en camino de convertirnos en buenas amigas.

El sábado, mamá me ayudó a
preparar una mesa de manualidades
en la sala. Colocamos pegamento,
cartoncillo, diversos pedazos de
fieltro y algunas rocas y minerales de
mi colección.

Preparamos vasitos de tierrita
de chocolate con pedazos ocultos de
azúcar hecha piedra. Los colocamos

en el refrigerador y esperamos.

Cuando oí el timbre, puse la música. Si íbamos a hacer roqueras, no podía faltar ni un solo detalle.

Simone llegó primero. Agregó a nuestros suministros lentejuelas, brillo, tallos de felpilla brillantes y un par de rocas del patio de juegos.

Lena trajo botones, estambre y algunos de sus hallazgos. Estábamos listas para crear.

★

A la semana siguiente, llegó el día de la feria de ciencias Brookside Rocks, donde presentaríamos nuestros proyectos. Había cristales dentro de una taza, rocas flotantes y un montículo que simulaba roca en el

GLAMOROSA
GRANITO

CALCITA
CARIÑOSA

ALBITA
AUDAZ

que los niños podían excavar en busca
de fósiles. El equipo de Miles hizo
uno de los proyectos más increíbles:
un juego de mesa llamado Rock and
Roll. Las piezas del juego eran rocas.
Lanzabas un dado para moverte por
el tablero y aprendías datos sobre las
rocas y los minerales por el camino.

Nuestras estrellas de rocas y
minerales también fueron un éxito.

Glamorosa Granito. Esa era Simone. Tenía una cola de caballo de estambre y una bufanda con estampado de leopardo. Lena era Calcita Cariñosa, con un afro ensortijado, una cálida sonrisa y un lazo. Hubiera querido que Mari viera la mía. Fue una decisión difícil. Pero, finalmente elegí Albita Audaz. La decoré con trenzas y un collar de cuentas con un corazón de

papel. No la mitad de un corazón, como mi pendiente, sino uno entero.

Aunque Mari ya no estaba, seguía siendo parte de mí. Y sabía que yo era parte de ella también. Después de la feria, todos los estudiantes de cuarto grado votaron por su proyecto favorito. Los resultados se dieron a conocer en una reunión.

—Estoy sumamente impresionada por el excelente trabajo que han hecho —dijo la señorita Taylor—. Todos son ganadores. Pero la idea que obtuvo más votos fue...

Al estirar la última palabra, había tanto silencio que se podía oír el vuelo de una mosca. Crucé los dedos y miré a Lena y a Simone.

Ellas también cruzaron los dedos. ¿Ganamos? ¿Ganamos?

—¡Rock and Roll!

¡Miles! Me alegré mucho por él. Por nosotros. Nuestra clase saltó y gritó de alegría. ¡Iríamos de excursión a buscar gemas! Ya sabía que si encontraba un rubí, la piedra favorita de Mari, se la enviaría.

—¡Felicitaciones, Miles!

—Tus roqueras estaban increíbles —dijo, colocando la mano para chocar los cinco. Sonreí y le choqué los cinco.

En el recreo, vi a Simone y a Lena dirigirse a saltar la cuerda. Gabi y sus amigas corrieron a los columpios

para inventar canciones. Miles y Kyla se unieron al equipo de futbeis. Todo volvía a la normalidad. Empecé a caminar al extremo del campo.

—Oye, ¿a dónde vas? —preguntó Simone.

—¿Eh?

—Nosotras probamos la búsqueda de rocas —continuó—. Ahora tú tienes que probar algo nuevo.

—Sí, Jada —añadió Lena sonriendo—. Nosotros le damos vuelta a la cuerda. Tú saltas.

—Trato hecho.

Yo era excelente encontrando rocas. Pero cuando se trataba de saltar, me faltaba mucho por aprender. En los primeros intentos,

solo logré saltar varias veces antes
de enredarme con la cuerda. Perdí
el equilibrio y casi vuelvo a caerme,
pero Simone y Lena me animaron.

Diez. Once. Doce. Trece. ¡Estaba
saltando sin fallar! Cada vez
que remontaba la cuerda, sentía

una emoción parecida a cuando encontraba una roca que no había visto antes. Nunca pensé que saltar la cuerda y buscar rocas pudieran tener algo en común. Eso me dio otra idea.

—Oigan, ¿quieren jugar a la rayuela? —pregunté cuando terminé.

—¿Rayuela? —dijeron a la vez Simone y Lena.

—Sí, saltar y rocas, nuestros dos pasatiempos favoritos.

Otra vez soy la primera en levantarme por la mañana los días de clase. El recreo es diferente sin Mari, pero está bien. Todavía la echo de menos, pero ahora sé que hacer nuevos amigos también es genial.

LAS NORMAS DE JADA PARA SER UNA ROQUERA

1. Usa ropa con bolsillos profundos para guardar tus rocas.

2. No juzgues una roca por su apariencia cuando la encuentres. Algunas veces, tienes que pulirla o echarle un vistazo por dentro para ver el tesoro.

3. Invita a tus amigos a que te acompañen en tus aventuras de búsqueda de rocas. Prueba también sus actividades favoritas.

4. Comparte lo que sabes y lo que encuentras.

5. Atrévete a brillar al ser tú misma.

AGRADECIMIENTOS

Gracias especialmente al increíble equipo de Penguin Workshop, a mi agente Caryn Wiseman, a la ilustradora Vanessa Brantley Newton, a toda mi familia y amistades que me ayudaron en esta aventura y a los siguientes expertos: Kevin G. Stewart, profesor titular del Departamento de Ciencias Geológicas de la Universidad de Carolina del Norte en Chapel Hill; Dr. Chris Tacker, curador e investigador en geología del Museo de Ciencias Naturales de Carolina del Norte; y Walt Milowic de Tar Heel Gem & Mineral Club.